Peter Leibert

Jerome

To order additional copies of this book, contact:
Xlibris
1-888-795-4274
www.Xlibris.com
Orders@Xlibris.com

ISBN: 978-1-7960-9803-7 (sc)
ISBN: 978-1-7960-9804-4 (hc)
ISBN: 978-1-7960-9802-0 (e)

Library of Congress Control Number: 2020907056

Print information available on the last page

Rev. date: 05/07/2020

En lo alto de un acantilado en Sandy Cove, Nueva Escocia, se encontraba una cabaña de madera con vistas a una larga playa de arena en la Bahía de Fundy. Este era el hogar de Copper y Andy, dos Corgis galeses. Al otro lado del camino de tierra había un agujero de una bodega abandonada lleno de alisos y enredaderas de frambuesa, que una vez fue el hogar de un hombre llamado Collie. En la playa de abajo, parcialmente cubierta por arena, había una gran roca desgastada por la marea llamada la Roca de Jerome.

La marea estaba bajando cuando la oscuridad descendía en la playa y Copper había descubierto un sabroso cangrejo justo debajo de la superficie de la arena. Andy sabía que podía quitarle fácilmente el cangrejo a Copper, pero estaba fascinado por dos ojos negros como el carbón de una foca que lo miraban. Se dio cuenta que, a lo lejos, había algo extraño aleteando en el horizonte más allá del vertedero. A través de la niebla parecía ser un gran bote con tres velas, una imagen fantasmal en la imaginación activa de Andy. Pero los cangrejos eran más importantes, así que hincaron el diente y mordisquearon a las pequeñas y tiernas criaturas.

Estaba casi oscuro y lo oyeron antes de verlo. Un pequeño bote se pfff en la arena.

—Rápido, escóndete detrás de la roca —dijo Copper, y ambos salieron a la arena que se curvaba hacia la parte posterior de la roca que tan bien conocían. Muchos picnics familiares y hogueras se habían celebrado aquí.

Tres hombres se movían muy lentamente, vestidos de la manera más extraña que Copper y Andy habían visto jamás. Llevaban algo muy pesado.

—¿Crees que es un tesoro? —preguntó Copper. Andy ladeó una oreja, lanzó una mirada burlona y un «oooooh» en una especie de acuerdo desconcertado.

Los hombres dijeron pocas palabras. Los perros no pudieron entender lo que oyeron.

—No son tipos de Sandy Cove —susurró Copper.

Y luego los tres hombres partieron dejando lo que parecía ser un fardo en la base de la roca. La niebla se acercaba y estaba demasiado oscuro para ver claramente qué era el gran paquete.

—Vamos —dijo Andy, y ambos se arrastraron muy silenciosamente hacia delante de la roca. Allí, apoyado contra la cara plana de la roca, había un hombre vestido con un abrigo muy extraño. Su largo cabello enmarañado le caía desde la parte superior de la cabeza sobre su rostro. Pero aún más extraño, era que no tenía piernas. Parecía estar profundamente dormido o posiblemente incluso muerto.

Snif, snif. —Apesta —dijo Copper.

—Me gusta —dijo Andy mientras lamía tentativamente la mano del hombre.

—¿Qué es eso? —preguntó Copper y luego hubo un extraño gemido, muy diferente a todo lo que habían escuchado antes. Y luego, después de una sacudida y un tirón, dos manos los sostuvieron con fuerza.

—Por favor, no nos hagas daño —dijo Andy mientras ambos se retorcían para liberarse.

Al levantar la vista vieron dos profundos ojos azules que hablaban de miseria y miedo, y una cara que parecía estar hecha de arena y pelo.

—Somos Corgis —dijeron ambos. No obtuvieron respuesta, solo un gemido extraño.

Acercándolos a ambos, el hombre hizo otro gemido casi gutural. Estaba frío, tan terriblemente frío que ambos perros dejaron que aquel extraño hombre los abrazara y no intentaron escapar. Fue Andy, quien mientras lamía la mano de aquel extraño hombre notó algo con su lengua. Era duro y rodeaba el dedo del hombre. Se abrió camino desde su dedo hasta el diente de Andy, donde se colocó firmemente en su lugar.

—Alguien se acerca —dijo Copper.

Era Otter, que significa «nutria» en inglés. Todos en Sandy Cove lo llamaban así porque tenía la cabeza ancha y aplanada y unos largos bigotes blancos que le sobresalían de las mejillas y el mentón y parecían plumas muy finas. Otter bajaba para recoger bígaros, pequeños caracoles que vivían bajo las algas de las rocas.

Se escucharon las ruedas del carro de madera mientras cruzaba el camino rocoso hacia la playa. El hombre, al darse cuenta de cuánto calor proporcionaban los perros, los abrazó con tanta fuerza para darles a entender tanto a Copper como a Andy que los necesitaba y, de hecho, que le gustaban. Una extraña calidez, algo así como un resplandor interior se apoderó de ambos. Andy se liberó y, como solo un Corgi puede hacer, salió disparado como una flecha hacia el puño de los pantalones de Otter, donde tiró con todas sus fuerzas.

—¿Qué pasa Andy? —preguntó Otter.

Andy ladeó la cabeza y la oreja como de costumbre y salió corriendo hacia la roca. Otter lo siguió.

—¡Dios mío! —dijo cuando vio el hombre sin piernas.

—Oye, ¿qué haces aquí? —preguntó sin obtener respuesta alguna. —¡Oye!, ¿qué haces aquí? —gritó esta vez; pero tampoco obtuvo respuesta.

Otter tocó suavemente la cara áspera del hombre y, extrañamente, su mano se volvió cada vez más caliente. Otter se asustó por un sentimiento peculiar que lo invadía. Y luego, como si saliera de la niebla, Otter oyó una voz suave. Primero de Andy:

—Alguien de un bote lo dejó aquí —Otter no sabía qué hacer o pensar. Estaba completamente asustado. ¡Un PERRO le estaba hablando! Y entonces Copper preguntó:

—¿Qué pasa?

—¿Estáis bromeando? —respondió Otter.

—Uh, oh —dijo Andy. —Esto es muy raro. Otter puede oírnos; puede hablar el lenguaje de los perros.

Completamente sorprendido, Otter dijo: —Bueno, está bien, digamos que por ahora podemos comunicarnos. No estoy seguro de que me guste y estoy seguro que no entiendo nada. Pero tenemos un problema. ¿Qué hacemos con él?

Copper se dio cuenta primero. ¿Aquella sensación de hormigueo podría haber sido un extraño regalo de Jerome permitiéndoles «hablar con la gente»? «Es una locura», pensó, pero guardó silencio.

—Tal vez podríamos llevarlo en tu carro al otro lado de la carretera desde nuestra cabaña, donde hay una vieja bodega de piedra —dijo Andy. —Mis padres tienen algunas mantas en la barandilla que puedo tomar para mantenerlo caliente.

—No podemos dejarlo aquí —dijo Copper. —No tiene piernas, parece medio muerto y no puede emitir ningún sonido excepto un gruñido aquí y allá; suena como «jerum».

—¿Jerum? —dijo Otter. Hubo una larga pausa y luego dijo: —Jerum. Eso es. Lo llamaremos Jerome.

Copper y Andy tiraron de los puños de Jerome y el sorprendido recién nombrado Jerome gruñó cuando Otter lo levantó para ponerlo en el carro de los bígaros. Subieron la colina, Copper y Andy tirando y Otter empujando por detrás. Pasaron junto a la cómoda cabaña de Peter, giraron a la derecha en la cima de la colina hacia el viejo camino de tierra y luego bajaron un poco hasta el viejo agujero de la bodega donde una vez estuvo la casa de Collie. Copper trotó de vuelta al otro lado de la carretera y agarró las mantas que sabía que se estaban ventilando en la barandilla del porche. Mientras bajaban a Jerome al pequeño espacio cerrado, sucedió algo mágico. Jerome sonrió. Aquella preciosa vista de Fundy haría incluso sonreír a un trozo de carbón.

Pasaron varios días durante los cuales Otter, Copper y Andy sacaron madera flotante de la playa para construir una cabaña básica. Otter se aseguraba a menudo que Jerome estuviera bien y Copper y Andy traían tantas cosas buenas como podían encontrar para que Jerome comiera. Le traían pan de la papelera de fuera de la tienda del pueblo, bacalao seco y dulse, una alga marina púrpura que a Jerome le encantaba. Y, por supuesto, verduras del huerto de Paul. Aunque Jerome solo podía gruñir, los Corgis sabían por la sonrisa tímida de Jerome que estaba feliz y los quería.

Luego, una mañana temprano, cuando la niebla estaba húmeda y fresca, Otter llegó a la cabaña. —Jerome se ha ido —dijo.

—Hablé con unas personas en la tienda. Dijeron que anoche unos niños que iban a hacer una hoguera en la playa escucharon un ruido, encontraron a Jerome y se lo dijeron a sus padres. Varias personas, sin saber qué hacer, lo llevaron hasta Neck a la Casa de los Pobres.

—¿Qué va a hacer la Casa de los Pobres con un hombre sin piernas que solo gruñe? —preguntó Copper.

—Probablemente lo dejaran en un rincón —dijo Otter.

—No me parece divertido —respondió Andy. —Tenemos que ir a rescatarlo.

—Esta noche traeré mi carro y nos encontraremos en la tienda —dijo Otter. —Podemos subir juntos.

Entonces, justo cuando el sol era de un rojo anaranjado intenso en el cielo, los tres se pusieron en marcha hacia Neck hasta la Casa de los Pobres.

La Casa de los Pobres estaba justo al lado de la carretera, tan espeluznante como siempre. La ligera niebla que se asentaba alrededor del gran edificio emitía un extraño resplandor de luciérnaga en las ventanas. Copper tenía un plan:

—Otter, tú ve primero a la puerta. Pide ver a Jerome; entonces te seguiremos dentro.

Los tres subieron los escalones oscuros y empinados. Junto a la puerta había una gran campana de bronce con un cordón colgando debajo. Otter tiró del cordón y la campana sonó. Nada. Volvió a tirar de la cuerda un poco más fuerte, la campana sonó más fuerte, y luego, un hombre delgado y encorvado, algo parecido a una mantis religiosa, abrió la puerta. Tenía gotas de sudor en la frente y varios pelos muy prominentes que le crecían verticalmente desde la parte superior de la nariz. Un olor a humedad, algo parecido a paja y algas viejas, se filtró por la puerta.

—¿Qué queréis? —dijo secamente.

—Hemos venido a ver a Jerome, por favor —dijo Otter.

—No puede ser. Está descansando —contestó.

—Siempre está descansando —dijo Copper.

—Os he dicho que no podéis verlo —repitió el viejo.

De repente, Andy empezó a estornudar.

—¡Achís, ACHÍS!

Y luego… cling, algo de color dorado y brillante aterrizó en el suelo y rodó por las tablas del piso, deteniéndose cerca de la pata de una mesa. El viejo se agachó y lo recogió.

—¿De dónde habéis sacado esto? —preguntó de una manera que parecía que estaba acusando a Andy de «robo a gran escala».

El anillo era de oro macizo y tenía joyas alrededor de la banda. Dentro de la banda había una inscripción en un idioma desconocido para ellos:

Diarmat, Tighearna Nan Gleann

—¿Qué narices significa eso? —preguntó Otter.

El viejo preguntó otra vez: —¿De dónde habéis sacado esto?

Copper tiró de los puños de Otter para llamar su atención. Cuando Otter se inclinó Copper le susurró que cuando encontraron a Jerome, Andy le había lamido la mano y el anillo cayó del dedo de Jerome sobre el diente de Andy.

Otter respondió a la pregunta del anciano: —Cuando encontramos a Jerome junto a la roca en la playa de Sandy Cove, tenía este anillo en el dedo. Debemos descubrir lo que esto significa —dijo Otter —y sé exactamente la persona que puede ayudarnos. Un hombre muy sabio y muy viejo llamado Stormy que vive en Digby y sabe muchos idiomas. Llevémosle el anillo.

Temprano a la mañana siguiente, Otter, Copper y Andy fueron en busca de Stormy. Lo encontraron sentado en un barril en una mesa dentro de una pescadería en el muelle reparando una concertina. Su sombrero de ala ancha parecía que tenía 200 años y sus cejas era tan tupidas como la cola de una ardilla. Sus ojos eran grandes y de un azul tan profundo como el mar de verano. Su cara agradable y sonrisa amigable los reconfortó cuando dijo: —¿Qué tenemos aquí, Otter?

Otter le explicó la extraña historia mostrándole el anillo inscrito, después de lo cual Stormy dijo:

—Parece que podría ser gaélico, pero no estoy muy seguro.

Todo este tiempo, Copper y Andy escucharon con los oídos ladeados. Stormy sacó un libro con una tapa de cuero del estante, hojeó varias páginas y dijo:

—Es gaélico y lo que básicamente dice es «Diarmat, Tighearna Nan Gleann», que resumiendo significa Diarmat, probablemente el verdadero nombre de Jerome, Laird of the Glenn.

—Entonces eso debe significar que el nombre de Jerome es Diarmat y que era una especie de Laird o Lord. Pero todavía no sabemos de dónde vino —dijo Otter.

—No hay una forma segura de saberlo, excepto que proviene de Escocia, ya que la inscripción está en gaélico escocés —respondió Stormy.

Copper miró a Andy y le susurró: —¿Puedes creerlo? ¿No es asombroso?

—Tenemos que sacarlo de la Casa de los Pobres y llevarlo de regreso a Sandy Cove —dijo Otter. —Me imagino que de donde sea que venga decidieron que, dado que no tenía piernas y no podía hablar, no lo querían. El pueblo debería adoptarlo y tratarlo como un amigo, un amigo de la realeza.

Tanto Copper como Andy ladraron de alegría ante la idea y todos se fueron a la Casa de los Pobres para rescatar a Jerome. Stormy habló con el viejo encorvado en la puerta que rápidamente lo entendió y se alegró de deshacerse de lo que llamaba el «bulto de la esquina».

Sandy Cove le dio la bienvenida a Jerome de una manera mucho mejor de lo que Copper, Andy y Otter podían imaginar. Como nadie conocía a Jerome por ningún otro nombre, Jerome se convirtió en su nombre adoptivo.

La amable gente del pequeño pueblo construyó una cabaña en el antiguo agujero de la bodega de Collie y taló los árboles para que Jerome tuviera una buena vista de Fundy. Jerome estaría bien cuidado, especialmente porque Copper y Andy vivían justo detrás de él en su cabaña y el jardín de Paul estaba cerca.

En un día muy especial en un carro muy especial, Jerome fue llevado de regreso a la playa donde había una gran hoguera frente a la roca donde fue encontrado. Todos los aldeanos estaban allí y acordaron que, a partir de ese día, esta roca se llamaría la Roca de Jerome. Copper y Andy volvieron a excavar cangrejos y el sol, una vez más, se puso detrás de la presa de pesca en la Bahía de Fundy.

Las focas observaban curiosamente cómo llegaba la oscuridad la primera noche del regreso de Jerome. Cualquier persona de Sandy Cover en la playa esa noche especial habría visto una forma curiosa de un hombre junto a un fuego brillante con chispas, como estrellas, que se elevaban hacia el cielo. Acurrucados en los brazos de este hombre, dos adorados Corgis dormían amorosamente.

Hasta el día de hoy se puede ver la Roca de Jerome en la línea de marea en la playa de Sandy Cove, Nueva Escocia.

EPÍLOGO

El 8 de septiembre de 2019, ciento cincuenta y seis años después del día en que se encontró a Jerome, un cuerpo apareció en la playa de Sandy Cove, aproximadamente a 100 yardas de la Roca de Jerome. El efecto del huracán Dorian en Nueva Escocia se sintió ampliamente y al día siguiente llegó con la marea una bota con una tibia que sobresalía de la parte superior. No se ha determinado si los dos eventos están relacionados ni su origen.

Printed in the United States
By Bookmasters